KB248325

내 젊은 날의 젯소

내 젊은 날의 젯소

박미연 시집

마음에

아픔을 받을 여유가 없는

당신에게 바칩니다

들어가는 글

나이가 들면서 추억을 곱씹는다는 말은 서른 지난 어른에게만 해당하는 건 아니다. 휘청이고 흘날리는 청춘 속에서 머리에 든 피가 조금씩 말라가고 있는 나는 아직 내세울 거리조차 없는 까닭인지 그렇게도 과거에 매달리고 있다.

어른의 눈에는 단순한 상황 속에서 복잡다단한 감정을 뿌리며 자라난 내가 참 어리게 보일지도 모른다. 육성으로 악 소리를 낼 만큼 창피스러운 것도 있지만, 그런 기억을 없애기는 싫은 양가감정을 느낀다.

어느 날 보기 싫은 메모리를 도려낸 곱게 자란 나의 복제품을 마주치게 되었고 그것이 지금의 나보다 빛을 낸다 한들, 그것이 '나'란 존재를 완벽히 대체할 수 있을까? 또 네가 그렇게 된다 한들, 그게 정말 '너'일 수 있을까.

만나기만 하면 옛날얘기만 해대는 우리의 모습이 남들 눈에 구차해 보일까 걱정도 되지만, 이 메모리를 '우리'라고 외치기 위한 준비물이라 생각하기로 한다.

밖에서는 좋은 기억만을 떠들며 이를 향한 그리움이 떠다니고, 안에선 나쁜 기억을 곱씹어 우울함이 가라앉는다. 둘 사이를 채운 뿌연 무언가. 그런 마이너스만 모아 이 시집을 썼다.

작대기를 줄이면 점이 되듯이, 언젠가 마이너스의 폭이 점점 줄어들며 내 인생의 방점으로서 남기를 바라며...

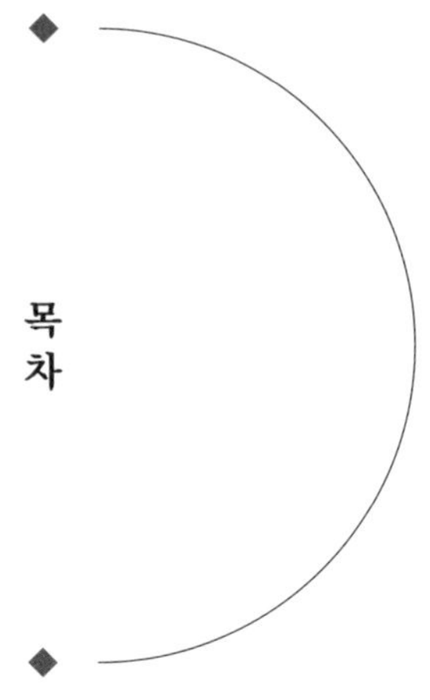

목
차

1부 청춘

1부

청춘

옷에 묻은 가난

프린팅이 벗겨진 티

밑창이 갈라진 운동화

한겨울 얇은 야상

물려받은 교복의 반질거림

나의 가난은

남이 모르면

나도 잊었다.

아라베스크 속에서

스무 살의 독립은
익숙함으로부터의 격리

복도를 내딛는 걸음에
여러 소리가 붙는 것은
자연했다.

아라베스크 무늬의
조각들이 달라붙은 듯
아찔하도록 새롭고도,
낯선
대학 시절

성인이란 말이
하루건너 귀에 얹히던
이상한 스무 살의 내가

내딛는 걸음
하나만
빈 천장을
둥 울린다는 걸
깨달았을 때,

부닥치는 외로움에
눈물이 휴대전화를 누르지만
닿을 곳은 없고

조각 사이를 메꾼 선이,
그 속 빈 선에 고인
냉기만이

비릿하게
나를 감쌌다.

기억이 우리를 같게 만들었다

모르던 얼굴들이

같은 날에 만나

우당탕대던 날을 지나,

웬만큼 나이를 먹어

앉은 자리를

엉덩이로 누르기만 할 무렵

오랜만에

옛 친구를 만났다.

어두운 장마철

해는 구름장벽 너머로도

빛을 흩뿌리고

바래진 얼굴 아래
익숙한 웃음과 소란이
잔잔하게 퍼진다.

수많은 날을 지나
더 가까운 누군가를 만들고

그 시절은
알사탕처럼
녹아내리고 있지만,

미뢰에 남은 단맛이
익숙한 기억을
뽑아내어

마침내
기억이
우리를 같게 만들었다.

하늘을 짤 실을 찾아

아스라이 한

밤하늘

수 놓아진

구름

날 담은

너의 마음도

수 놓는다면

분명 하늘에는

발 디딜 틈

없을 터인데.

아늑한 구름 사이로

사랑 같은 푹신함에

기대어만 있었을 터인데.

낯선 바람이

기어이

흩트린다.

그것이

직조된 구름 속

내가 끼어있다며

너를 나무랐을 때,

돌연 나를

매섭게 만들어

널 베어내게 했을 때,

일어서야 함을 눈치챘다

이제 나는

나의 새로운 하늘을 찾아,

고유의 하늘을 짤 실을 찾아

하강해야 함을 깨달았다.

단단한 명찰

십 년 전에 졸업한
명찰이
필요해졌다.

물결 위에 쓰러진
나를
쓸려가지 않게 할
닻이
필요해졌다.

달달한 표현보다
백과사전 속 명사처럼
굳은 것들이
날 붙들기를 바랐다.

탐색하며

써버릴 인생이

아깝지 않다.

붉은 얼굴의 삶

사람은
얼굴만 붉히며
살아가는 걸까.

아르바이트를 하며
구천일백육십 원의 시간 동안
팔리는 내 체면은
몇 개인가.

붙여달라 두 번 연락했던 나,
겹겹한 실수를 한 나,
욕먹어 먹먹한 귀때기를 붙든 나.

누구보다
스스로에게
괜찮지 않았던 순간들.

창피란 게

나만 골라

괴롭히는 듯하지만,

모두가

이러며 산다면

사실

어른이라 함은

면피만 두꺼워지는

존재인 게 아닐까.

사람은

창피만 겪으며

죽어가는 걸까.

날카로운 단풍

지난 몇 년의 내 가을은
여러 입술 아래서
지각없는 노동으로 가득했다.

가을이 되면
엽록소는 가물가물 빠지고
잎들은 본색을 드러내며,

휘영청 초록바다가
주홍빛 얼룩으로
변해간다.

가면을 벗어던진
위법자처럼
본질만 덩그러니 하다.

추수로 가득해진 가을은

아쉬움 하나 없이

내게 유별하게 차가웠고,

적록색맹의 나는

막연히 바다만 좇다가

붉은 얼룩에

살갗이 베인다.

첫 항해

내 생에
첫 항해는
어찌하였든
거스르는 배였다.

철판은
부딪히는 물결마다
우그러졌고,

흑갈색 녹이
돛 끝까지 번져
비릿한 냄새만 가득했으며,

가벼운 닻은
떠도는 공기 방울에도
걸리기 일쑤였다.

키를 잡지도 않은

내 생에

첫 항해는

휘청거리다 끝났고,

그렇게

첫 다짐을 거스른 채로

내 여정은

멎어버렸다.

눈에는 태양을, 오른손에는 우주를

넋을 잃은 나그네는

오른손에 우주를 든 듯

그 무게에 휘청거리고,

빛을 잃은 나그네는

가로등도 가늠 못 해

몸에 익은 길만

터벅거린다.

검은 아스팔트,

회벽색 담벼락,

갈라진 틈새,

그 사이에

그녀와의 낙서 하나.

낙서를 짚은 손에
추억이 실리며,
우주를 같이 든 듯
걸음은 정돈되고,

주황빛을 받은
둥근 낙서가
해가 되어,
나그네의 눈에
빛을 채운다.

젊은 날의 영달

알 수 없는
희망에 기대어
몸을 던지는
그대들이여,

가보지 못한
경험에 현혹되어
살이 타들어 간
그대들이여,

어쩌면,
삐뚜름한 입매로
모든 걸 걷어낸
그대여.

시간은 되돌아오지 않기에,
내 지난 걸음을 '옳다'
여겨야 한다며
되뇌던 방패를 벗겨도

그대가 빚낸
영달

그 앞에 선
최후의 그대가
후회를 문지르지 않기를.

늘
그대의 어깨에
내 온기를
살며시
묻히리라.

2부
상처

분노의 맨얼굴

그가 내뱉는 분노를

안경 너머로

응시한다.

그건

꽃잎 무게의 감정에

굴러다니는 먼지로

갑옷을 입혀

날 할퀴려는

몸짓에 불과하다.

첫눈

대화란

첫눈과 같다.

설렘을 안은 눈은

추운 날

단단하게 내리지만,

거친 길바닥에

부딪혀 깨져버린다.

어느 마음씨 좋은 이가

내린 눈을 손에 소복이 담아

다정히 바라봐 준다면,

그 눈은

운을 다하였다.

대부분의 눈은

불운하다.

나의 눈도 그러하다.

움푹한 연필

늦었지만

마음을 적기 위하여

사각사각

무딘 커터날로

연필을 깎는다.

다치기 싫어

부러

무디게 한 날로

눌러내자

연필 살이

움푹

패였다.

꾹 눌러낸 욕심이

내 마음까지 파내어서

시작을 망쳐버렸다.

못난 연필과

제값 못한 마음만 남아,

그 둘은,

앞선 수많은 둘은

철제 선반에

끝없이

쌓인다.

추위의 계보

어릴 적
고생을 많이 한
내 어머니는
겨울을 싫어한다.

무릎께 쌓인
눈을 헤치며
나뭇가지를 주우러
산을 오르던 시절

사계절을 입었던
삭은 검정 바지 하나는
그 모진 추위를
막지 못했으니까.

미운말쟁이 옆에서
자라난
어느 여자아이는
유난히 추위를 탄다.

매서운 말을 듣고
눈을 감으면
등골을 타고 기는
소름이 생생했고,

눈물샘까지
건드리기 전에
이불 속에
얼굴을 파묻은 채,

온기를 주우며
벌벌 떨어댔으니까.

환경도,
기호도,
유전이 되는 걸까.

방 한 칸 없는 아이

부모보다

앞서간

아이에게는

방 한 칸

주지 않는다.

성격 급한 아이에게

벌을 주는 것인지

놓쳐 버린 부모에게

죄를 묻는 것인지

아는 이

하나가 없다.

부모가

다시 안아줄 때까지

차디찬 땅 아래에서

아이는

그저 외로워할 뿐이다.

아물지가 않는다

백 일을

괴롭게 하는 우울은

몇 분의 순간에서

태어난다.

상처를

조각조각 받아내다가

문득,

치료하고 싶을 때가 온다면

그리할 수 있을까.

이것은

선율이나 화폭 같은,

옛날에 쓰여

이미 수백 번 써서

닳아버린 도움으로

찬찬히 깨닫고

그러면서

치유되는 것이 아니었다.

오직 잊음만이

우울을

가라앉힐 뿐이다.

나을 수 없는

영원의 상처를 지닌 채

빗금 없는 마음이라며

달랠 뿐이다.

꽃을 사랑한 인간

꽃을 사랑한
인간이 있었다.

그는
꽃을 받았다는
기억에
도망을 잊었고,

꽃을 건넨
그 사람이 준
무언가의 따가움도
잊었다.

꽃은 저절로 엮어
눈을 가리는
안대가 되었고,

‘나’는 지금

캄캄한 어둠을 헤매지만

실은 눈부신 공간을

부유하고 있다고 생각하며,

가로막힌 눈동자는

내버려둔 채로

꽃처럼, 빛처럼

무용한 그것을 좇았다.

붉은 자화상

미술관은
인간의 상처가
손으로 넘친 공간

상처는 핏줄을 따라
굵게 솟아나
손을 찢을 듯 구니,

찢긴 손이 가득한
에곤 실레의 그림 앞에서
난—

그 붉게 들끓는 배경 속으로
점점 빨려드는 몸을
지탱하듯,
좁혀진 미간으로
응시했다.

저 그림은

나와 우울을 닮아

날 위로해 버렸고,

슬퍼하는 나는

더해진 손길에도

눈물만 가득하다.

익명의 가벼움이란

걷을 수 없는

커튼 아래로

슬며시 들어온

다정함이 있습니다.

보낸 이가 가려진,

글씨체가 낯선

그 편지가

내 마음을

두드립니다.

스쳐 지나치듯

가볍게 건너온

그 편지가

기억에 남는 까닭은,

이름은

다정의 무게를

드러나게 하고

출처는

주고받음의 미덕을

강요하고

애초에 나는

가벼운 문장 하나를

들고 싶었기 때문입니다.

무게 없는 쓰다듬

구차한 생이야

더 이어감이

의미 없지만서도

단호히

끊어내지 못한

까닭은

가련한 기억이

붙잡지도 아니하고,

무게 없이

나를

쓰다듬었기 때문이다.

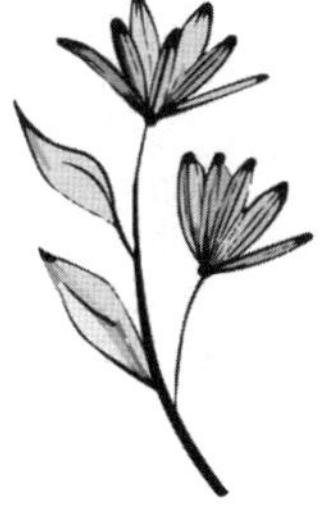

3부
사랑

사랑의 아름다움에 대하여

아이에게
벚꽃에게
고양이에게
시선을 빼앗기고

사라질 때까지
빼앗긴 걸
되찾지 않는 까닭은

사랑스럽기 때문이다.

그렇게
넌 빼앗아 갔고
난 찾지 않은 채로,

자신을 사랑할 리 없다는

기막힌 자기 부정에

너를 살며시

꼬드겨 본다.

인간은

아름다움을 사랑하고,

나는

너를 사랑하고.

너는

아름다움이

익숙지 않다는 점에서

미루어 보건대,

이래서

사랑이 아름답다는 말이

생겼다고

나는 말하리라.

걸어와 주오

그대가 걸어옵니다.

흔히 말하길
사랑을 맞이할 때
세상이
색을 되찾는다고 하더이다.

사랑으로 얻어지는 게
세상이라 표할 만큼
많을진대,

왜 나는
그대를 마주하니
세상은 색을 잃고
그대만 반짝이는지...

그대가 걸어옵니다.

내 세상을
앗아간 그대여

그대가 사랑이 되고
나는 까막눈이 되어
한 치 앞도
못 보게 될지라도

나에게
걸어와 주오.

그리움의 맛

단 것은
빨리 녹아
금방 입맛을 다시게 하고,

한 입에
물 한 컵을 부르는
매운 것만큼
혀 끝에 오래 머무는 것도 드물다.

과일의 신맛처럼
눈을 질끈 감게 하는 게
또 있을까.

그러나
애매한 그대는
그 경계에서만 머물렀다.

그럼에도

매 순간

그대만을 그리던 나는

예민해졌고.

오늘

더욱

그리워한다.

주홍불

매일 새벽녘
불쑥 켜지는 주홍불이

날 얼핏 깨우는
통 닫힌 현관문이

그대의 하루가 시작되었음을
알려줍니다.

오늘 그대는
무엇을 겪고
무엇을 견디며

울컥하게 한
무언가를
간신히 넘겼을까요.

심장 아래,

허파 어드메,

그 어딘가를

뼈근해하고 있을까요.

앎에 기댄 사이

같이 상에 앉아

밥을 먹기엔

어색하고,

고민을 말하기에는

거절당한 적이

많으며,

둔탁한 행동이

성에 안 차

짜증이 쉽게 난다.

그래도

남보다는 안전하다 느끼며

매번 울타리 문을 열곤 하지만,

그 이유가

나눈 감정이나

쌓은 추억 덕이라

생각되지는 않고,

그저 서로

상황을 앞에 기대어

시간만 보낸 사이라

그런 듯하다.

나보다 소중한 그대

좋은 사람이
되겠어요.

좋은 일을
하겠어요.

그 모든 다짐은
날 위한 것이었어요.

언젠가
날 기억할 때
떠올릴 만한 단어가

고운 비단에
정갈히 담길 법한
저기 저것처럼

반짝였으면 좋겠다 싶어서,

그 단어를

내가 고르고자

내 망가진 가시를

내리눌렀을 뿐입니다.

그대가 느낀 모든 감정들

그걸 얻게 만든

나의 성취

그뿐입니다.

나보다 소중한 그대라니

그런 허상이

존재할 리가 있나요.

햇볕 때문에

아침,

눈을 찌르는 햇볕에

눈꺼풀 안

명과 암이 뒤섞인다.

겨우 눈을 떠

주변을 둘러보니

그대는 움찔도 않고

누워 있다.

숨결도 없는 그대

나는

둘러보기 전으로

돌아가고자

눈을 감는다.

하지만

다시

햇볕은

날카롭게 들어와

현실을 바라보라며

눈을 할퀸다.

이토록

해가 미웠던 적이 또 있을까.

먹구름 아래의 너

몰려드는 먹구름을

바라보던

너는

얼룩이 커지는 모양새에

동질감을 느낀다는

너는

설핏 웃던 입매와

눈가에 그려진 주름이

참 예뻤다.

다시 보고픈 마음에

가늘게 뜬 눈으로

하늘에 퍼진

기억의 타래를 감아보지만,

구름이 눈에 스몄는지

뿌연 시야가

나를 방해한다.

커진 얼룩이

끝내 너를 가린다.

더 잠겨 있을 수 있기를

상실의 슬픔이

일 년 내내

넘칠 듯 출렁거리면

썰물처럼

쓸려간 뒤에도

눈물이 난다.

그 속엔

추억이

갯벌처럼

진득하다.

그러니까

내가 잠겨 있던 것은

슬픔이 아니라─

일 년 내내
그 안에 머물면
내 손목은
매번 잡아당겨진다.

사람들은
견딜 수 없다는 눈으로
나를 끌어올린다.

아.
사람들은
행복에 묻은 슬픔조차
싫어하는 모양이다.

이별이 닿지 않는 장면

당신을
평생 기억할 거예요.

기억의 필름이
조금씩 작아지고
서서히 연해지고
살살 흐려지지만,

그럼에도
눈물은 뺨 위를
하늘거리고,
숨소리는
헐떡거리지만.

늘 이별하는 삶에서

내가 붙든 덕에

영원히

이별하지 않을 수만 있다면.

결말만 오려낸 필름을

수없이

끊임없이

되감겠습니다.

4부

각성

지고, 진다

상대가 누군지
심지어 무엇인지도
상관없이—

원수진 놈이 무서워
진자리에 걸려
넘어진다.

등에 진 짐이
송진에 빠진 파리처럼
푹 젖는다.

그늘진 나무 아래에
모닥불이 지면서
맺힌 땀방울에 한기가 서리고,

해와 달이 동시에 지며
꽃이 지고
잎도 시들어
툭 떨어지는데.

내가 그토록 진저리 쳤던
무생물의 시체 조각으로
눅진해진
붉은 늪의

진득한 흙덩이가
주름진 옷깃에 매달려,

얼룩이 지면서
무게를 더해가니.

진물이 나
다시 걷기를 포기함으로써,

결국
나에게도 진다.

비워내는 습관

얼굴은 보이지 않고
거울에 묻은 감정만
도드라지는 날이면

아늑한 집으로부터
도망치고 싶어져,

날을 잡아
아침부터
버스에 오르는
습관이 있다.

숨 가쁜 일정으로
탈진한 몸이
반갑다.

그 안쓰러운 몸을

꾸역꾸역 움직이려고 하니

감정까지

덩달아 쏟아부었는지

손으로 넘겨진

나의 서른 편의 일기도

힘을 잃는다.

감정의 힘을 빼려면

몸을 착취해야 하는

그런 날도 있는 모양이다.

생의 악보

생과 사,

두 깃발 사이

다섯 가닥 줄에 매달려

휩쓸리다가

지나온 자리에

남은 얼룩들.

휙휙 넘어가는

종잇장이 멈추면

끝날 뿐인 것에—

이제는

애를 쓰며

끊임없이

반점들을 찍어본다.

억지로 늘린 줄에 매달려

끙끙대다가

문득 뒤를 돌아보니,

얼룩에 기다란 게 달렸고,

반점은 음표가 되었다.

깊어진 리듬,

한 템포의 쉼,

힘준 어깨를 풀며–

그리고 다시

종지를 향해 달려가며–

내 얼룩에서부터

소리가 터진다.

민들레

벽돌 사이에 핀 잡초는
'내 저기 틈을 비집고 나가
꽃을 피우리라' 하며
민들레가 되었을까.

아니면,
본래부터
꽃이었을까.

끓기 직전의 물이
뜨거운 김을
왕관처럼 솟아올리듯,
차분히 오르다가
되었을까.

흔들리지 않고

피는 꽃이 없다던대-

꽃이 되지 못한 나도

그 언젠가

꽃잎

흩날릴 수 있을까.

새 봄을 맞이하며

어느새

등교하는 학생들을

'아이'라 부르는

나이가 되었다.

봄을

겨울의 다음이라고만 여기며,

새 달력의 커진 숫자에만

아쉬워하곤 했다.

아직 찬 아침 바람은

옷깃을 여미게 하지만,

아이들의 재잘댐에는

속절없다.

차창 너머의 아이들을

가만히 바라보다가,

차창에 비친 내가

나를 바라본다.

기억은

우리를 같게 만들었고,

나는 그 아이들 옆에 서 있었다.

그러자

봄이면 성장한다며

부풀어 오르던 마음이

내게로 돌아온다.

덜 마른 머리카락,

회색 후드집업에

큰 백팩을 메던

신호등 아래의 나.

늘 봄과 함께 오던
성장은
이젠 잡아당겨야
겨우 끌려오지만,

아직 소란스러운 마음이
남아있기에.

나는
앞으로의 봄을
바뀐 신호등 아래서
맞이하며
다시 뛰어가리라.

한여름의 관조

그늘에 서서
그 밖을 바라본다.

하얀 도화지에
노란 크레파스로 그렸던 햇볕이
그대로 내려앉은 듯
찡하고 우는 아스팔트.

그 위로
열기가 번진 듯
공기는 투명히 꽉 찬 기분이다.

더위는
들릴 리 없는
풀벌레 우는 소리로
귀에 새겨지고,

뾰족한 해가 찌르는

간지르르한 피부를

벅벅 긁는다.

길게도 머무는 태양이

자긴 상관없다며

하늘에 매달려 있는 모습에

괜스레 약이 오른다.

하지만-

지금은

그늘에 서서

그 밖을 바라보는 나도

상관없는 일 아니겠는가.

여름은

그렇게

꽤 괜찮게

나를 지나가리라.

징검다리의 가을

바닥에 댄 등을
천천히 일으켜
공기에 기대며,

얼음 머금은 입김처럼
서늘해진
아침을 느낀다.

그리고
어제를 느낀다.

잎새에 이는 바람에도
괴로워했던
나를 느낀다.

그럼에도

하룻밤 새

뜨거웠던 고통은 가고,

서늘한 다짐이

그 자리를 메운다.

결말 앞에

서고야 말 주인공에게

가던 길

지는 것쯤이야

덧댈 감탄사

그뿐 아니겠는가.

그림은 아직 희고 차갑지만

타종이 울리는 날
우리의 계절은 여전히 겨울이건만.

시간은
계절을 이겨
나이를 바꾸고,

그걸 견디지 못한
친구는
눈물을 터뜨렸다.

가만히 있어도
쌓여만 가는 기억들

색을 채우지 못해
새하얗기만 한
각진 덩어리가

하늘에서 내려와

발 아래에 고인

눈과 닮아서,

내 친구는

찬 눈물을 떨구었다.

나는

이제야

말을 전한다.

친구에게,

어떤 그림은

그리기 전 젯소를 바른다.

너의 이 순간은

다음 색을

황홀히 하기 위한

밑색일 거야.

경험해야만 하는 이유

어린 치기로

사람을 쉽게 미워하는 때에도

우린 어쩔 수 없이

사랑을 하며

무와 유의 경험들,

그중에서도 빼기의 경험들은

돋보기의 알을

더 날렵하게 깎는다.

삶이 눌러놓은

거친 황목(荒目)의 인두겁 아래,

본인도 모르는

당신의 여린 마음을

그 깎인 돋보기로

비춰볼 수 있도록―

주고받는 말들 속

보이지 않았던

그 마음이

거친 틈새를 비집고

돋보기를 넘어

눈으로 들어올 때,

그제야

당신의 장점이 되어

내가 당신을

반길 수 있게 하였다.

오늘의 하늘에게

오늘도
구름에
비슷한 모양을 끼워 맞추며
이름을 붙인다.

하늘에는
오만 것들이 다 있다.

삶이 바쁜 누군가는
쓸데없는 일이라며
앞만 보지만,

사람이 하늘은 보며 살아야지.

그러다 문득
둥근 달의 흐릿한 테두리

그 안에

선명한 빛덩이를

마주하게 되면,

길었던 하루를

휙 돌아보곤

시간이 빠르다 느끼겠지.

지나고 보면

늘 빨랐던 하루를

지치도록 느리게

흘려보내는 오늘의 하늘에게—

나는

이름을 붙이며

정을 붙인다.

오늘의 하루에게도.

글을 마치며

시는 남들과는 다른 방식의, 저만의 일기입니다.

순전한 흥미로 처음 시를 쓰게 된 건 고등학생 때 일입니다. 저와 취향이 비슷했던 친구와 서로 직접 쓴 시를 바꿔 읽곤 했습니다. 그 이후로는 고전 소설의 멋진 문장이나 여러 가수의 서정적인 가사로 울림을 얻은 날이면, 휴대폰 메모 앱을 열어 짧은 문장을 적었습니다. 타인의 생각에다가 저만의 감정을 입혀 새롭게 적은 글들은 저의 감상문이었으며, 현재에 와서는 시집의 재료가 되었네요.

시간은 순조롭게 흐르는 듯하다가, 강렬한 무언가로 인해 물결이 요동쳤습니다. 그 무언가는 제 삶의 흐름을 살짝 바꿨습니다. 마치 일직선으로 흐르던 강 귀퉁이에 떨어진 거대한 바위가 물줄기의 방향을 바꾼 것처럼요. 그 변화에서 저는 꽤 크고 많고 무거운 경험을 했습니다. 그 경험 속에서 저는 남을 탓했고, 때때로 떠오르는 생각에 괴로워했고, 그 생각을 한 스스로를 매도

했으며, 차차 시간이 흘러 사소한 것들을 잊어버리자 과거의 감정에 되려 놀라는 과정을 반복했습니다. 파고가 높은 하루하루를 보내며 저는 다시 일기를 쓰기 시작했습니다.

행복, 감동, 즐거움으로 일기장을 채우던 남들과는 달리, 제 일기장은 감정 쓰레기통으로서 제 몫을 다하였습니다. 이런 부분에서조차 우울함을 느끼곤 했지만, 한편으로는 저의 일기 덕분에 어두운 감정에서 벗어날 수 있었습니다. 그걸 깨닫고 나니, 저는 제 쓰레기통이 '값진 무언가'로 보였습니다.

그러자 고등학생 때 추억이 마치 거대한 그림을 코앞에서 본 듯 눈에 박혔습니다. 저는 그 추억처럼 제 일기도 남들과 공유하고 싶다는 욕심이 생겼습니다. 저는 제가 발견한 '값진 무언가'를 설명하기 위해 노력하였으나, 알맞은 단어를 찾지 못하였고, 결국 길게 풀어쓰기 시작했습니다. 학생 때부터 지금까지 쓴 글들은 양분이 되었고, 목표한 '값진 무언가'를 완성하기 위해, 이리저리 덧붙이고 빼는 재구성을 거쳐 시를 썼습니다. 그 과정에서 감정과 경험을 부풀리거나 과장한 부분이 있음을 밝힙니다. 또한, 하루하루 다른 것들로부터 조금씩 얻은 깨달음의 과정을 시집에 담아내고 싶었기 때문에 시의 순서를 고심하며 배치했습니다.

모 아니면 도. 어렵사리 완성한 시집이 아까워 투고는 해보았지만 쉬운 일은 아니라고 생각했습니다. 만약 실패한다면 창피는 하겠으나 아무에게도 알리지 않으면 그만이라고 생각했습니다. 저에게 '도'는 실패가 아니라 '無'였으니까요. 이런 저에게 감사하게도 긍정적인 답변을 해주신 출판사 〈책과 나무〉 덕분에, 이렇게 여러분께 저의 메시지를 전달할 수 있었습니다. 여러분들도 하고 싶은 일에 몰래 도전해 보시길 바랍니다.

끝으로 이 시집의 출간에 여러 도움을 주신 출판사 〈책과 나무〉께 깊이 감사드립니다. 또한, 제가 저지른 일에 후통보를 받으셨음에도 불구하고 변함없이 지지해주신 부모님께 감사와 사랑을 전합니다.

내 젊은 날의 젯소

초판 1쇄 인쇄일 2025년 12월 22일
초판 1쇄 발행일 2026년 01월 12일

지은이 박미연
펴낸이 양옥매
디자인 표지혜
마케팅 송용호
교   정 조준경

펴낸곳 도서출판 책과나무
출판등록 제2012-000376
주소 서울특별시 마포구 방울내로 79 이노빌딩 302호
대표전화 02.372.1537   **팩스** 02.372.1538
이메일 booknamu2007@naver.com
홈페이지 www.booknamu.com
ISBN 979-11-6752-720-2 (03810)